KB153510

다
정을
지
키
는

다
정

일러두기

이 책은 필자의 주관적인 감상을 모은 단상집입니다. 감상의 정확한 전달을 위해 필요시 온점을 삭제하였으니, 이는 표기상 오류가 아님을 알려드립니다.

단상집

ㅇ 3

김소원

다정을
지키는

다정

별책부록

오늘도 당신을 귀하게[*]

[*] 백지은, 「[특집]오늘도 인간을 귀하게」, 『문학동네』 26권 1호, 문학동네, 2019, 1–9쪽에서 차용.

◇

어떤 호의는 누군가에게 꿈이 된다

◇◇

노력해서 다정한 것 말고 천성이 다정한 사람이 되고 싶었다.
이해하려는 노력 없이도 타인을 이해하는 사람, 상황에 대해 납
득이 아니라 공감하는 사람, '이해는 하는데 ~하다'에서 ~라는
감정을 가지지 않는 사람.

◇

이곳은 별이 선명해서 오리온 자리가 또렷하게 보인다

◇

겨울에 가까워질수록 해가 일찍 진다. 나는 해가 떠 있으면 잠을 잘 못 자는데 오늘 저녁잠을 조금 자면서 해가 일찍 진다는 걸 실감했다. 아침저녁으로 몰라보게 날이 싸늘하다. 내내 배즙을 달고 살아도 아침이면 목이 아픈 계절. 단 것이 먹고 싶고 따뜻하고 폭신한 것에 둘러싸이고 싶고 장편소설을 읽고 싶은 계절. 가을은 쓸쓸하지만 다정하고 나는 가을이 좋다. 새로이 맞이하거나 오랜 것을 떠나보내는 시간들 사이에 편안하고 고요하게 지속되는 얼마 안 되는 시간이어서 좋고 계절의 변화가 물들 듯 일어나는 시간이어서 좋다. 점차 서늘해지는 바람 냄새, 손 끝에 와닿는 건조한 촉감, 저녁 무렵 해가 번지는 색깔, 가로등이 켜질 때 하얗게 선명해지는 거리.

◇

이불 빨래를 하고 프린트물을 정리하고 다 쓴 물건들을 같은 종류로 사면서 개강 맞이를 한다. 낮에는 별것 없이 사랑스러운 장편 소설을 한 권 읽었고 저녁에는 조금 걸었다. 돌아오는 길에 아무래도 두 달간 마음이 붕 떠 있었다는 생각을 했다. 옷을 개고 양말 개수를 세며 사라진 것들에 대해 생각한다.

밤에 창문을 열고 누우면 이불이 따뜻하다는 생각이 드는 계절이 왔다.

◇

일주일째 경솔하게 굴지 말자는 말을 입안에서 굴리고 있다. 마음이 힘들 땐 말이 마음보다 앞서고 그런 말들을 돌이킬 땐 마음 한 구석을 사포에 문지르는 것 같은 기분이 든다. 할 일은 하자. 할 일은 하되 과도하게 생각하지는 말자. 생각하는 것을 명료하게 말하자. 명료한 것과 날 선 것은 구분하자. −자, 로 끝나는 말들이 많아지면 쉽게 무력해진다. 무력감을 얘기하는 내게 오늘 O는 사람에게 너무 많은 것을 걸지 말라고 했는데 방금 온 문자 하나에 기분이 너무 좋아졌고 결국 어쩔 수 없이 나는 사람에게 매달리고 있다는 생각이.

◇

어쩌면 내가 너무 무른 표면을 가지고 있는지도 몰라…… 그래도 내가 무른 지평을 가지고 있어서 너의 부딪힘대로 휘어질 수도 있었지
좋은 것만 가질 수는 없는 거야

◇◇

괜찮아 자주 아프겠지만, 덕분에 내 안에 너의 형체를 담을 수 있으니

◇

오늘 교수님이 원래 봄날의 한가운데 있을 때는 봄날인지 모른다고, 지나고 나야 그때가 봄날이었다는 것을, 그 시절을 그리워하면서 알게 된다고 했다. 그런데 그렇다면 봄날이라는 것은 언제나 과거에 머물러 있는 것이고 현재로는 감각되지 않는 것. 친구에게 봄날은(좋은 날들은, 인생의 황금기라는 것은) 왜 가진 적도 없는데 잃어버리는 걸까, 라고 묻자 봄날이 쌓여가고 있는 거야, 라는 대답이 돌아왔는데 나는 그 말을 이해하지 못했다.

하지만 생각해보면 너와 함께했던 나날들이 바로 그런 날들이었던 것 같기도 해 너무 소중하고 너무 행복해서 행복이란 단어를 떠올릴 생각도 하지 못할 정도로 가득하게 행복만 했던.

◇

꽃에 얼굴을 묻고 얼굴을 찡그리는 네가 사랑스러워서 오늘이
살아 있다는 것을 알았어

◇

너에게 단 한 가지 선물을 해줄 수 있다면 언어를 선물하고 싶다. 네가 힘들 때 너의 힘듦이 어디에서 와서 너의 어디에 머물고 어디로 흘러가는지 네가 불러볼 수 있도록. 너의 감정이 네게 어떤 모양으로 다가와 너를 어떻게 집어삼키는지 똑바로 바라볼 수 있도록. 네가 아무것도 모른 채 망망대해에 던져져 있다는 기분이 들지 않게 바다를 저을 수 있는 언어를 선물하고 싶어. 뭍에 닿기 전까지 그것에 기대고 그것으로 힘을 내어 항해할 수 있었으면 해. 그로 인해 뭔가를 하거나 하지 않으며 지리한 표류의 기분을 견뎌낼 수 있었으면 해.

◇

애정을 준다는 건 책임까지 같이 진다는 것

◇

올봄에, 친밀해진다는 것은 취약해진다는 것이다, 라는 문장을 썼었다. —진다, 를 빼고 다시 쓴다. 친밀하다는 것은 취약하다는 것이다.

◇◇

언제나 나의 슬픔 나의 무력 나의 아픔으로 환원하게 되는 타인들이 있다.

◇

내게 소중한 사람들은 대부분 어떤 특성 때문에 가까워지고 친밀해지지만 소중해지고 나면 그 특성이야 아무려면 어때 싶은 마음이 된다.

◇◇

친구가 준 편지
"사랑해서 소중하다는 말이 같이 올 수 있음을 알게 한 나의 첫 친구에게, 너를 사랑하고 소중히 여기는 마음을 담아"

◇◇◇

대화의 어떤 지점에서 뜬금없이 웃음이 터졌는데 그 순간 내 세계의 언저리와 그 너머를 맴돌던 마음이 갑자기 나의 중심으로 확 떨어져내린 기분이 들었다

◇

모든 사람에게는 좋은 면과 안 좋은 면이 있다. 흔하게 퍼져 있는 이 말을 최근에 다시 들었고 그렇지, 라고 생각하다가 그것보다도, 라는 생각이 들었다. 결정적으로 나쁜 짓을 저지르지 않는다면 대체로 사람의 좋은 면과 좋지 않은 면은 절대적이라기보다는 상대적이고 그래서 관계의 측면에서 중요한 건 누군가의 좋거나 좋지 않음보다 그 사람을 견딜 수 있음과 없음이라는 생각. 어떤 사람의 한 부분을 누군가는 견딜 수 있다 넘어갈 만하다 별 게 아니다, 라고 생각할 수도 있고 또 다른 누군가는 그 부분이 견딜 수 없고 참을 수 없다, 라고 생각할 수 있다. 그런 식으로 관계를 맺어왔다. 견딜 수 있거나 견딜 수 없거나 견디게 하는 지점이 있거나 견딘다는 생각도 없이 즐겁거나. 내게도 누군가에겐 견딜 수 없는 어떤 지점들이 분명히 있을 텐데 그게 뭔진 정확히 몰라도 내 옆에 있는 사람들 그걸 용인할 수 있는 사람들이라고 생각하니 문득 고마워졌다.

◇

예전에는 진심을 다하면 상대방이 그걸 알아주길 바랐다. 그렇지 못할 때 나는 몰래 서운해하거나 원망하거나 그런 순간들을 오래 상처로 새겼다.

나는 오늘 처음으로 내가 최선을 다했고 용기를 내었고 진심을 다했고 할 수 있는 한 가장 솔직하게 굴어도 상대방이 그것을 받아들이지 않을 수 있음을, 그리고 그것은 완전히 나의 영역 바깥에서 벌어진 일이고 내가 어찌할 수 없는 일임을 정확하게 바라볼 수 있었다. 그것이 더 이상 내게 상처로 돌아오지 않았을 때 나는 내가 한 걸음 내 감정에서 떨어져 상대방을, 상대방의 입장과 감정을 더 정확하게 이해할 수 있음을 알았다.

그것이 오히려 상대방을 향한 마음을 놓지 않도록 해주었다.

◇

타인을 만날 때 가끔 대기권 안으로 진입하는

유성이 된 기분이 든다

한 사람을 알기 위해서는 내 모든 걸 걸고 충돌해야 해

◇

내게 관계란 언제나 서로 반대편에서 손을 내어 함께 밀고 있는 유리구슬 같았다. 한쪽만 손을 거둬도, 한쪽이 더 많이 밀어도, 한쪽이 힘만 잠깐 빼도 미끄러져 금이 가거나 깨져버리는 관계들. 며칠 전에는 이런 나의 불안이 만든 예민함, 타인의 기색을 살피는 습관, 그것으로 가능해진 타인에 대한 이해와 공감이 재능이며 그런데 그것이 버겁나 봐요, 라는 말을 들었다. 네 버거워요 그게 참 많이 힘든데요, 우선 그렇게 힘 빠지게 하는 사람들이 참 많다는 걸 받아들이는 것부터가, 아무 생각 없이 아무 말을 뱉고 아무 행동을 하고 그러고는 그걸 까맣게 잊어버린다는 걸 이해하는 것부터가 좀 힘이 드는데요 근데 그런 과정을 생략하게 하는 사람들이 있어서 계속해서 살아 있을 수 있는 것 같아요. 어떻게, 잘은 아니더라도 그냥 계속해서.

깨지지 않길 바라서 조심조심 타인의 정도를 가늠하며 밀고 있는 관계들이 내게 그렇게 조심하지 않아도 좋아, 라고 말해 준다.

그렇게 조심하지 않아도 너를 오해하지 않을게, 라는 것을 오랫동안 친밀감의 기준으로 삼아 왔다.

◇

어렸을 때 사람 인 자의 획 두 개가 서로 기대고 있는 모양으로 생긴 이유가, 사람은 혼자서 살아갈 수 없어서 서로 기대야 하기 때문이란 말을 들었었다. 나는 그때 궁서체로 쓰인 획 두 개를 바라보며 사람 인 자의 획 두 개가 공평하게 서로에게 기대고 있는 게 아니라, 한 쪽이 한 쪽을 받치고 있는 모양이라고 생각했다.

살아오면서 나는 늘 내가 누군가에게 빚을 지고 있다는 생각에 시달렸다. 내가 똑바로 서기 위해도 아니고 다만 그냥 나로 존재하기 위해서만으로도, 나는 수많은 타인을 필요로 했다.

◇

인간이 인간이 되기 위해서는 타인이 필요해

◇◇

늘 타인에게 나의 일상을 빚지고 있다고 생각했는데
오늘 그만큼 당신도 내게 빚지고 있다는 말을 들었다
누군가가 내게 빚질 수 있다면 내게서 좋은 것을 가져갔으면
좋겠다

좋은 것을 가진 사람이 되고 싶다

◇

내게 쌓여 있는 것들은 대부분 누군가 추신처럼 내게 던지고 간 마음들이다. 함부로 흘리는 마음들. 본편 아닌 속편이라 쉽게 쓰고 쉽게 잊어 더 진심인 가벼운 말들.

모르시겠지만 고이 간직하고 있어요. 그때도 지금도 앞으로도.

◇

영원을 믿지 않으면서도 지속에 나를 걸어볼 수 있을까

결과가 아니라 상태에, 미래가 아니라 현재에.

◇

기억해두었다가 나중에 해야지, 라고 했던 것들을 죄다 잊었다. 뒤늦게 그것이 생각나면 못내 아쉽고 속상하다. 전하지 못한 말들 보내지 못한 마음들 부치지 못한 편지처럼 속에만 담고 있었던 위로 위안 다정 사랑. 무정하다는 말을 들어도 변명할 거리가 없구나.

◇

다정에도 용기가 필요한 게 아닐까

다정함을 베푸는 데는 용기가.

◇

기분이 울적하면 좋아하는 사람들에게 주고 싶은

선물을 떠올린다.

오랜만에 하루 끝에 그래도, 라는 접속 부사를 붙인다.

◇

기분 안 좋을 때 좋아하는 사람에게 맛있는 걸 선물하면 기분이
나아진다는 사람에게서 내가 좋아하는 빵집의 스콘을 받았어,
예기치 못한 방문에다 나의 취향을 생각하는 선물이라 고마워
오늘 날씨는 비 온 뒤 맑음이었지 구름이 종종종 하늘을 가로질
러 빠르게 흩어지는 걸 나는 멍하니 서서 바라보고 있었는데
너를 소진되게 하는 것들이 그렇게 유실되길 바라

◇

작년 이맘때쯤 비 오는 날 우산이 없는 사람에게 우산을 빌려주는 사람이 되고 싶다고 썼는데 오늘 (물리적인 의미에서는) 그런 사람이 되었다

그때 나는 별 고민 없이 그것을 다정이라 생각했었는데 요즘은 친절과 다정을 함께 묶어 떠올리고 있고

친절하기보다는 다정하고 싶다고 생각한다.

◇

내가 친절하고 싶다고 말할 때,

나는 친절한 사람이 되고 싶은 걸까

친절함을 베풀 수 있는 위치에 서고 싶은 걸까.

◇

늘 좋은 사람이 되고 싶었고 그러지 못할 거라는 생각에 조바심을 냈다 매일매일 예정되어 있는 실패를 똑바로 마주하며 걸어가는 기분이었다.

◇

"실수하지 않는 인간이 되고 싶어…… 그건 인간이 아닌가?"

"맞아, 실수하니까 인간이지 뭐."

"그래도 적어도 치명적인 실수는 하지 않는 사려 깊은

사람이 되었으면 좋겠어."

"너는 언제나 그랬어. 너 스스로가 의식하지 않는 순간까지

언제나 그랬어."

◇◇

너는 내 강인한 슬픔

◇

나약한 마음이 나의 본질입니다만 그 마음에 지고 싶은 건 아니고 가끔 모르는 척 넘어가고 싶을 때가 있는 것뿐입니다

같이 모른 척해주어 고마워요

윤이형 읽고 만나기로 했는데 같은 장소에서 또 똑같은 약속을 하게 되네요, 나는 조금 더 성실한 인간이 되고 싶어요

사랑하는 마음과 소중히 여기는 것을 일치시키지 않는 사람들에 대해 얘기하면서 나는 예전에 얼핏 보았던 일화를 생각했는데 :

"누군가를 사랑한다는 건 어떻게 사랑하는지를 아는 것이란다"

맛있는 걸 먹고 잠을 잘 자고 많은 얘기를 하고 좋은 사람을 만나기

밤이 선선하니 창문을 열어두고 누워도 좋겠습니다

◇

시간이 훌쩍 지난 줄 모르고 얘기하다가 문득 밖에 나오니 밤공기가 싸늘했고 나는 일교차를 건너는 동안 네가 내게 준 마음들을 여몄다 오래오래 힘들 때마다 꺼내볼 수 있도록

◇◇

내가 사랑하는 사람들이 나를 사랑하므로, 라는 이유로 내가 살아가는 방식을 해할 때 오늘의 대화를 꺼내어 볼 것 같다
사랑의 한가운데서 나를 잃지 않기 위하여

◇

다 너를 위해서야, 라고 말하는 친밀한 타인이 아주 낯설게
느껴진 적이 있다 마치 횡단보도 건너편에 반가운 얼굴이 서 있
다 생각해서 인사하려던 찰나 버스가 사이로 지나가고 다시 본
사람이 내가 알던 사람이 아니라 어쩐지 혼자서 남몰래 당혹스
러웠던 날처럼

◇

화를 내는 것은 쉽고 문제를 해결하는 것은 어렵다. 타인의 일일 경우에는 더. 내가 화를 내는 것이 감정적으로 지지가 되고 도움이 된다면 다행이겠지만 결국 아무것도 달라지는 게 없고 비슷한 일은 계속해서 반복되고 사람들은 비슷한 일로 비슷하게 힘들어하고 어떤 것 하나 변하지 않고 그리고 나는 그 상황을 바라보며 뭘 해야 할지 모르겠다, 는 심정이 되어 속수무책으로 안타깝거나 화가 난다.

행복했으면 좋겠어. 화가 나지 않았으면 좋겠어. 스트레스 받지 않았으면 좋겠고 건강했으면 좋겠고 아프지 않았으면 좋겠는데 왜 당신의 불행엔 아무것도 변함이 없을까. 왜 고통을 주는 사람은 늘 고통을 주고 고통을 받는 사람은 늘 고통을 받을까.

◇◇

당신의 얘기를 듣는 내내 손을 잡아주고 싶었는데.

◇

우연히 엮이게 되는 것들에 늘 마음 일부분을 걸고 산다

◇

( ) 때 떠올리면 힘이 되는 사람이 하나 있다. 내가 사랑하거나 나를 사랑하는 사람인 것은 아니고 그 사람이 ( ) 때 보이는 모습이 아주 단단해서. ( ) 때, 내가 그걸 견디지 못하고 타인 앞에서 무너지는 모습을 보일 것 같을 때 나는 가끔 내가 그 사람이라고 생각한다. 그 사람이라면 이 상황에서 어떻게 할 것인지. 무엇을 느끼고 어떻게 행동하고 대처할 것인지. 그런 것들을 생각하며 비슷하게 흉내내다 보면 그 상황에 점차 무감해진다. 그렇게 전전긍긍할 일도 신경 쓸 일도 무너질 일도 아니다. 그런 기분이 들 때 다시 나의 방식대로 사고하고 판단하고 행동한다.

그렇게 가끔가끔 너를 꺼내 쓰고 있다.

◇

예전에는 바쁘면 일상부터 버렸는데, 그런 습관이 무기력과 우울을 만든다는 걸 경험하고 나서는 일상을 깨지 않는 걸 제일 중요하게 생각하게 되었다. 방 정리하기 일기 쓰기 아침 챙겨 먹기 과일 먹기 춤추기 운동하기 수면 패턴 지키기. 간단하고 규칙적인 블록들로 하루하루를 쌓아나가고 있다. 간결하고 정갈한 짜임을 가진 사람이고 싶다.

◇

내가 원하는 방식대로 배열해놓은 규칙적인 생활과

익숙한 얼굴들을 얼마나 사랑하는지 매일매일 깨닫고 있다

◇

요즘은 계속 뭔가를 정리하고 싶다는 생각을 자주 한다. 특히 책들. 책장에 꽂힌 책들 가운데 취향이 아닌 것, 사놓고 읽지 않는 것, 표지가 마음에 들지 않는 것, 한번 읽었는데 별로였던 것을 솎아내고 취향으로 책장을 채우고 싶다. 옷장을 열 때나 사진첩을 볼 때도 그런 생각을 한다. 나의 가까이에 내가 원하는 것들만 두고 싶다. 내가 가까이하고 싶은 것들 자주 찾는 것들로 곁을 채우고 싶다.

◇

힘듦에 대해 오래 그리고 자주 생각하는 편인데 내가 힘들고 싶은 것으로 힘든 것은 어쩔 수 없지만 내가 힘들어하고 싶지 않은 이유로 힘들어하고 있다면 가장 좋은 해결책은 유해한 것을 주변에서 치우는 것이다. 신경 쓰고 싶지 않은 것을 신경 쓰라고 말하는 사람을 만나지 않기 신경 쓰고 싶지 않은 것들을 보여주는 어플이나 정보를 삭제하기. 무해한 것들과 신경 쓰고 싶은 것들로만 주변을 채워도 힘듦은 반감된다.

◇

더듬더듬 주절주절 꺼내놓는 나의 말들 다 의미 없다고 생각될

때가 있고 나는 내가 스스로 발을 굴러야 하늘에 가까워질 수

있는 그네에 올라타 있는 것 같다 손 뻗어 잡을 수도 없는 금세

멀어져 흐려지는 눈부신 찰나 한 조각을 만지고 싶어서

◇

좋아하는 것들을 하나 둘 잃어왔다 더 이상 잃고 싶지 않은데
잃어지는 것들이라 생각하면 눈물이 난다

◇

지지 말아요, 누구에게도 무엇에게도,

그리고 나 자신에게도.

◇

최근에는 문장에 주어를 넣는 연습과 그 주어를 나로 생각하는 연습을 하고 있다. 누가 슬퍼하니까, 누가 힘들어하니까, 누가 상처받을 테니까, 누가 그러길 원하니까, 라고 말할 때 자꾸 그럼 너는, 이라고 묻는 사람들이 있어서 그렇다. 낯설고 어려워서 자꾸 엇나가지만 계속해서 이것을 염두에 두려고 노력한다.

◇

"너는 아파해야 할 것에 충분히 아파하는 사람이니까

아프지 않아도 될 것에는 아프지 않았으면 좋겠어"

◇

이전보다 조금 덜 바라고

조금 더 정확하게 바라도 좋겠다고 생각해

좋아하는 것들도 싫어하는 것들도 무서워하는 것들도

너 이후엔 변하지 않고 똑같아, 넌 모르겠지만

버스에 앉아서 친절의 절이 끊을 절이라는 것을 떠올렸어

세상이 조금만 더 다정하면 좋겠다

불가능하겠지만, 가끔은 폭력에서 비껴난 자리에 서고 싶어

무차별적 폭격 쏟아붓는 사람은 모르는

피로함 만성 수면 부족 할 일과 할 일과 할 일 사이에

하고 싶은 일 그리고

미약한 따뜻함 한 줌 드문드문 오는 연락 빛 간격이

일정한 가로등 밤

촘촘하게 떠진 목도리를 두르고 걷고 싶어

◇

친구가 내게 했던 말 :

나는 네가 너를 더 소중하게 생각했으면 좋겠어

네가 너를 어떻게 생각하는지는 모르겠지만

너는 세상에 뭘 하려고 태어난 게 아니고 여기서 뭘 느끼고

즐기고 행복하려고 태어난 거잖아

◇◇

우리가 행복해지자, 라고 말할 때 그 행복의 전제는

살아있음生임을 기억할 것

◇

나의 어떤 부족한 지점에 대해, 친구가 일 년도 더 전에 걱정하지 않아도 괜찮다고 답해줬다는 걸 잊고 또 똑같은 고민을 했다는 걸 알게 되었다. 긴긴 시간 동안, 자라고 배우고 느낀 것과 관계없이 무서운 것은 무서운 것이다.

◇

최근엔 나의 안보다 나의 밖에 나의 더 많은 부분을 걸고 있다는 생각이 든다. 중심이 얕아지니까 가벼운 말에도 흔들리고 넘어진다. 밝은 표정이라는 말과 지친 표정이라는 말을 번갈아 가며 듣는다. 웃고 떠들고 바라보고 손을 잡는다.

활자를 읽은 지 오래된 게 아쉬워 버스를 기다리며 몇 분간 손에 쥔 저널을 읽었다. 어떤 내용이냐 보다도 그냥 활자가 눈에 들어오면 마음이 조금 차분해진다. 매일 일정량 활자를 먹어야 하는 사람처럼 언젠가부터 그런 습관이 들었다.

매일 꿈을 꾼다. 새벽에 보통 두세 번은 깬다. 깨면 희끄무레한 밤을 쳐다보거나 종종 켜져 있는 불의 동그란 테두리를 멍하니 누워서 바라보고 몸을 일으켜 할 일을 체크하고 할 일을 해야 한다고 생각하고 잘하고 싶다고 생각한다. 어떻게, 라는 과정보다 잘, 이라는 결과를. 결과를, 제대로, 잘.

바람은 차가운데 길의 색감은 점점 짙어지고 따뜻해진다. 햇빛이란 말보다 햇볕이란 단어를 더 많이 생각한다. 볕에 낙엽이 마르는 걸 가만 지켜보고 싶다. 고요해지고 싶다. 편안해지고 싶다. 단단해지고 싶다. 작고 단단한 것이 되고 싶다. 부서지지 않는 것이. 늘 하고 싶은 것보다 되고 싶은 상태에 대해 생각한다. 희망만 늘어놓는 거 부질없다는 거 알아도 매번 매 순간.

두서없는 생각들이 입김처럼 흩어지고 나는 그런 걸 가만 지켜

보며 나는 흩을 수도 없는 무거운 것들을 끌어안고 있구나, 라

고 생각하고 다들 그런 식으로…… 라고 생각을 또 닫는다.

그러니까, 잘.

내가 가진 것을.

잘.

◇

따뜻한 사람들이 주는 가능성을

나는 너무 쉽게 잃어버린다

◇

마음이 피곤해 어디에서든 똑같아

보고 싶은 얼굴 하나 없이 버텨내는 밤

왜 그렇게 말해요? 왜 그렇게 웃어요? 왜 그렇게 생각해요?

왜 그렇게 바라봐요? 어디를 보고 어떤 표정을 짓고

어떤 방식으로 의견을 표하고 어떤 방식의 반응을

보여야 하는지 하나도 모르겠어

사람들은 정말로 어디에 던져지든 자신만의 방식으로

처신한다 나 역시도.

◇

내용에 따라 페이지에 눈길이 머무는 시간이 다르듯 나는 습관처럼 고통스러운 감정들을 빠르게 넘겨버린다 소설을 읽을 때 마음을 힘들게 하는 부분을 쉽게 건너뛰거나 빠르게 넘기는 것처럼 날이 갈수록 나를 기쁘게 하는 감정들이 무엇인지는 또렷해지는데 나를 힘들게 하는 감정이 무엇인지는 점점 모호해져 (자꾸만 건너뛰고 생략하고 덮고는 책장에 얌전히 꽂아 두어서) 언젠가 이해하지 않고 넘겨버린 빈칸을 채워야 할 날이 있겠지 엔딩을 정확하게 이해하기 위해

상냥함 한 줌씩 모였을 때 용기 내서 펼칠 수 있게 되는 책을 쓰고 있는 것 같기도 해

◇

목부터 어깨까지 꼼짝하는 게 어려울 정도로

피로가 쌓여가는 날들

◇

오래 공을 들여 문장을 만지는 사람이 되고 싶다. 그럴 만한 시간과 여유, 건강, 그리고 타인의 시선이 내게 허락되었으면 좋겠다.

가끔 재우치는 말들이 아프게 느껴진다. 멈춰 있는 것은 아닌데, 무언가를 더디게 더듬어나가면서 나아가고 있는데…… 더 빠르게 빠르게……

라르고로 연주해야 할 곳에서 비바체로 연주하라고 하는 말을 들으면 그 구간에서 어쩔 줄 모르고 박제되어있는 음표가 된 것 같은 기분에 사로잡힌다. 오선에 몸과 마음, 그리고 나의 시간과 그의 시선이 걸려 있다.

◊

다정한 말들이 그리워지는 계절이다

◊

요즘 배우고 있는 춤의 노래는 Reminding me

처음으로 누군가와 짝을 이뤄 추고 있는데 낯선 사람에게 몸을
기대고 팔을 뻗고 손을 잡아 가까이 당기거나 몸을 돌려 멀어지
며 어떤 이야기를 함께 만들어나간다

한 사람만 잘해서는 아름다워지지 않는 세계를 만들어나가고
있는 것 같아

◊◊

우리의 눈부신 우연을

◇

행복의 대가를 알게 된 후로 행복한 날들엔 꿈을 꾸는 것도 꿈에서 깨는 것도 무서웠다 어떻게 하면 가진 행복을 놓치지 않을까 고민하다 매번 행복을 흘려보냈다

이제는 행복한 기분으로 서러운 꿈을 꾸고 서러운 꿈으로 다시 행복해질 수 있다는 것을 안다

어제 색깔이 다른 구름 두 개가 겹쳐져 새 이가 돋아나는 것 같았고 그 구름을 보면서 사랑니 얘기를 했다 비가 올듯 말듯 오다가 오지 않았다 우산을 접고 낯선 동네를 걸으며 나는 사랑해도 혼나지 않는 꿈이었다*, 라는 구절을 떠올렸다

* 황인찬, 「무화과 숲」, 『구관조 씻기기』, 민음사, 2012, 104쪽.

◇

네가 행복한 걸 보는 게 좋아

◇◇

나는 비가 오는 날을 안 좋아하지만 오늘은 비가 와서 좋았어요
날씨가 겨울에서 여름으로 건너뛰는 바람에 입지 못했던 좋아
하는 봄옷을 입고 당신을 만나러 갈 수 있어서

◇

"사회가 있어야 하는 이유가 뭐야?"

"내가 사랑하는 사람들이 있으니까."

"그럼 사랑하는 사람들이 모두 없어지면 사회가 없어도 되는 거야?"

"사람들은 보통 계속해서 무언가를 사랑하게 되지 않나?"

◇

나는 요즘 나에 대한 것보다 공동체에 대한 것을 더 많이 생각하고 있다. 내가 어떤 사람이 되고 싶은가, 라는 질문도 중요하지만 나는 어떤 공동체에 속해 있고 싶은가, 가 실은 내가 더 오랫동안 고민했던 것이며 지금껏 내려온 나의 많은 판단의 근거였다고 생각한다. 그리고 그것은 선택의 문제이기도 하지만 보기 다섯 중에 답이 없으면 6번을 그려 넣을 수 있는 종류의 문제라고도 생각한다. 어떤 공동체에 속하고 싶은가, 에서 내가 속해 있고 싶은 공동체는 어떤 모습인가, 라고 아주 미묘하게 달라진 질문을 던지게 되는 지점에 서 있는 것 같다.

◇

어떤 공동체의 관습과 문화에 익숙해지고 그곳에서 자리를 잡을수록 더 많은 참여의 기회와 발언권을 얻게 되는데 그럴 때 발화하는 것이 더 나은 공동체를 만드는데 얼마나 힘이 되는지를 종종 생각한다 그리고 그것을 기꺼이 하는 마음이 곧 책임감이 아닐까

◇◇

나는 가끔 내가 안주하는 사람이 될까 봐 걱정하고 두려워하는데 언니를 만나고 나면 내가 그러지 않을 것을 알게 되고 믿게 돼 그게 내게 얼마나 위안이 되는지 모르겠다

◇

내일이 있다는 게 무엇인지 아는 사람들과 함께

◇

어렸을 땐 모두에게 좋은 사람이 되고 싶었는데 이제는 그럴 수 없다는 걸 안다 엄마에게 전화를 걸어 엄마, 나를 싫어하는 사람이 점점 많아지는 것 같아, 라고 얘기하니 엄마가 그건 네가 너의 주장을 점점 더 뚜렷하게 가지게 되었다는 의미야, 라고 했다 나는 화내는 거 잘 못하지만 가끔은 화내는 것도 나쁘지 않다고 생각하고 어떤 것들에 대해서는 화내야만 한다고도 생각한다 모두에게 좋은 사람이기보다 화내야 하는 것들이 무엇인지 알고 그에 대해서 정확하게 분노하는 사람이 되고 싶다

최근 정말 많은 일들 있었고 구구절절 어떤 것들에 분노했는지 쓰는 거 이제 진짜 힘 빠지고 며칠간 마음 쓰느라고 지치고 우울하고 슬프고 화나고 그랬는데 그냥 그런 감정 있구나 생각하고 조금은 나 자신을 관조하기도 하면서 점차 다시 나의 리듬으로 돌아오고 있다 그래도 계속해서 잊지 말자고 생각했다 이런 말들이 있었다는 거 그리고 지금도 있고 앞으로도 있을 거란 거

현실에 무뎌지지도 현실을 외면하지도 않으면서 현실을 포기하지 않고 나를 버리지도 않는 것은 정말 힘들고 어렵고 그럴 때마다 손 내밀어주는 사람들의 힘으로 나는 다시 내 리듬에 간신히 올라타게 되는 것 같다

◇

이상해, 너무 아픈 일들이 많고 화나는 일들도 많고 정말로 깊이 베인 사람들…… 바라보면서 내가 아무것도 할 수 없다는 게 너무 무력하고 부끄럽고…… 이렇게 아무것도 하지 않아도 되는 걸까, 말하며 울었을 때 너무 많은 것을 한번에 하려 하지 않아도 된다고, 내 자리에서 할 수 있는 만큼의 진심만 다해도 충분하다는 말을 들었었다. 그런 말을 들었던 계절을 반 바퀴 돌았다.

◇

무형의 마음을 어떻게 믿어야 할지 모르겠을 때

돌이킬 순간들을 만들어주어 고마워요

◇

오늘 사람들이랑 사람들 얘기하다가 문득 언니 얘기 나왔고 다정하고 행복한 순간들에 대해 얘기하며 언니와 살았던 시간들이 왠지 꿈처럼 아득하게 느껴졌다 누군가와 함께 생활한다는 사실 하나에 그렇게까지 내 삶의 일부분을 기댈 수 있는 날이 다시 있을까

◇◇

나는 대체로 내가 대체될 수 있는 별거 아닌 사람이라고 생각하는 편이고 때때로 그 사실에 좀 괴로워하지만 언니와 있을 때는 오직 나, 오로지 나, 라는 생각을 할 수 있게 된다 (그건 정말 드물고 놀라운 일이고 그런 기분을 줄 수 있는 언니는 더 드물고 놀라운 세심함을 가진 사람이라고 생각해)

◇

내가 나의 자리에 있다는 것만으로 받은 마음들

친절과 상냥함 안부 관심 대화들, 모아서 행복이라고

조그맣게 소리내어 보았다

큰 소리로 부르면 깨져버릴까 봐

◊

나를 관통한 사람들이

내게 남긴 흔적들은 지층처럼 쌓여있다

◇

너를 만날 때마다 너의 반듯한 자세와 경청할 때의 표정과 어떤
주제를 풀어내는 방식이 좋다고 생각해

카페에서 나온 우리는 갑자기 사진을 찍고 싶었고 온통 광고판
이 가득한 도로 옆에서 사진 배경을 찾느라고 별 이유 없이 깔깔
댔지 나는 오늘의 대화를 오래오래 간직할 거야 소중한 기억들

있잖아 네가 나의 미래가 기대된다고 말했을 때 나는 너의 미래
를 기대하고 있었어
머지않은 미래에 펼쳐질 너의 삶들을 함께 목격하고 싶어

◇

점점 드문드문 그러나 주기적으로 가지는 만남이 늘어나고 그
럴 때마다 나는 긴 주기를 가진 혜성을 기다리는 행성이 된 것
같은 기분이 든다. 한 사람이 가지는 반짝임은 변하지 않는다는
것을 매번 긴 시간을 돌아 만나는 사람들을 통해 본다.

◇

너와 얘기하면서, 누군가와 시간을 쌓아나간다는 건 그 사람이 가지고 있는 나에 대한 이미지와 실제 나 사이의 간극을 줄여나가는 과정일지도 모르겠다는 생각을 했다

늘 그 간극을 직시하는 게 무서웠는데 어떤 사람의 경우에는 그렇지 않았고 그건 무슨 차이일까 고민하다가 타인이 내게 걸고 있는 기대가 단단한 높낮이가 아니라 무른 형태로 다가올 때 그렇다는 걸 알게 되었다

어떠한 가정도 없이 타인을 맞닥뜨리긴 어렵겠지만 그 가정이란 게 유연한 사람을 만났을 때 나 자신도 훨씬 유연하게 반응하게 된다 (그리고 가끔 정말로 그러한 가정 쪽으로 기울기도 한다)

늘 단단한 사람이 되고 싶다고 생각했는데 최근에는 유연한 사람이 되고 싶다고 생각한다

◇

(누군가) 나와 닮아간다는 말을 들었을 때

(그 누군가가) 기뻐할 수 있을 만큼의 사람이고 싶다

◇

요즘은 이상하게 밤마다 내일 죽으면 오늘의 무엇을 후회할 것
인지를 생각한다. 예전에는 이런 생각 끝에 보통 하지 못한 것
들을 떠올려냈는데 요즘은 어떤 구체적인 일들보다는 오늘 충
분히 즐겁거나 기쁘지 못한 것을 후회할 것이라고 생각한다. 또
어떤 날에는 내가 충분히 타인을 위하지 못한 것, 어떤 칭찬들
이나 좋은 말들을 해주지 못하고 신경 써주지 못한 것을 후회할
것이라 생각한다.

◇

시간 단위로 쪼개어 해야 했던 일들이 얼추 끝났다. 늘 계절의 변화에 민감했었는데 요새는 정신이 없었던 탓에 기온에도 날씨에도 풍경에도 무감하다가, 문득 춥다는 친구에게 벌써 추우면 겨울에는 어쩌려고 그래, 라고 한 말에 이미 겨울이야, 란 대답이 돌아와서 겨울이라는 걸 알았다. 잠시간 시간을 들여서라도 엉망이 된 일상과 감정의 매무새를 가다듬고 조금 더 차분한 마음으로 일정을 정리하고 남은 과제들과 원고를 마감에 맞춰 마무리해야겠다고 생각했다.

실컷 벌여놓았던 일들을 조금씩 매듭지으면서 올해도 함께 끝나가고 있다. 버릴 것들을 버리고 정리할 것들을 정리하고 필요한 것들은 새로 채워 넣는 과정이 필요한 시기. 요즘은 그 과정에서 이전보다 더 자주, 더 많이 기본에 대해 생각한다. 기본적인 태도, 자세, 한결같음, 그것이 드러나는 방식, 보이는 방식, 내가 그에 대해 신경 쓰는 방식. 같은 색감과 질감의 것들로 채워진 공간을 볼 때 기분이 좋은 것처럼 한결같음과 기본에 신경 쓰는 태도에 대해 생각한다. 나름의 색깔과 방식으로 땋아온 시간들을 잘 매듭짓고 싶다. 서투르거나 서둘렀던 마음들도, 어색하거나 낯설었던 감정들도, 미숙하거나 세련되지 못했던 노력

79

들도. 모두 엮어내고 나면 또 다른 무늬를 짤 수 있는 사람으로 빈 틀 앞에 앉을 수 있지 않을까, 하는 일말의 기대를 가지고.

◇

잘 될 거야, 라고 나 자신에게 말하는 건 사실 정말 드문데 오늘 나도 모르게 일기장에 잘 될 거야, 라고 쓰면서 내가 불안해하고 있다는 걸 알았다 나는 불안할 때 가끔 내 열여덟을 생각하고 그때 정말 아무것도 할 기력이 없어 반 구석의 낡은 학급문고에 있었던 아무 책을 펴들었던 것을 그리고 그 책*에 적혀 있었던 말을 기억한다 길거리의 낙엽을 쓸 때, 여기서부터 저 멀리까지를 쓸 거라고 생각하면 아득해져서 다 쓸지 못하게 된다고 그러니 멀리 내다보지 말고 다만 내 발치에 있는 것만 쓸겠다고 생각하고 쓸어가면 어느새 저 끝에 다다라 있을 거라고.

* 미하엘 엔데, 『모모』, 한미희 역, 비룡소, 1999.

◇

늘 이 정도의 사람으로 기억되었으면 좋겠다. 예상을 벗어나지 않고 같은 궤도에서 성실하고 한결같은 사람. 계속하고 있나, 싶어 드문드문 들여다보면 꼭 계속하고 있는 사람. 그것이 무엇이든. 이 정도의 사람에서 '이 정도'라는 것을 미세하게 다듬고 조정하면서 궤적을 그려나가는 사람.

◇

지하철에 서서 책을 읽다가 무심코 고개를 들었는데 책을 들고 있는 내 모습이 검은 창에 비쳤다.

언제고, 몇 년 후든 그런 모습을 무심코 맞닥뜨리는 사람이고 싶다.

◇

갑자기 비가 쏟아질 때 따뜻한 곳에 있어서 좋았고

비가 조금씩 부슬거릴 때 웃고 있어서 좋았다

◇

니트를 입고 바깥이 보이는 자리에 앉아서 따뜻한 생강차를 마시니까 겨울이 온 것 같았다. 겨울이 와도 다정한 사람들의 손이 차가워지지 않았으면 좋겠다. 밤이 기니까 조금 더 잘 자고 조금 더 행복하길.

파열하지 않고 마찰하는 감정들 속에서 내가 가진 어설픔과 미숙함이 언제고 누군가를 해하지 않았으면 좋겠다고 오래 생각했다.

◇

바다는 밀려오지만 강은 흘러간다. 노래를 듣거나 대화를 하거나 고요를 지키면서 밋밋하고 일정한 흐름 곁을 지나는 사람들과 자전거의 움직임을 오래 지켜봤다. 일정한 간격, 일정한 보폭, 일정한 속도. 수평적으로 움직이는 것들을 바라보고 있으니 시간이 이렇게 흐른다는 생각이 들었다. 시간이 이렇게 흘러가고 있는데 나는 멈춰 있었다. 멈춰 있다는 착각 속에서 완전하게 멈춰지고 싶었다. 어느 동화책에 있다는, 공기를 부풀려 만든 동그란 이불 동굴 속에 있는 것처럼. 정말은 그렇게 되지 않겠지. 꺼지고 내려앉고 무너지니까. 언제고 세계는 내려앉아 내게 닿을 것이다. 얇은 옷으로 느껴지는 바람과 햇빛이 눈가에 닿아 번지는 빛무리, 클라이맥스 없이 흐르는 타인의 취향같이 안전하고 안온한 것들이 내가 예상할 수 없는 순간에 무참히 내게 닿을 것이다. 아프거나 행복하거나 슬프거나 기쁠 것이다. 어떤 것은 밀려오고 어떤 것은 흘러갈 것이다.

빛이 동그랗게 저문다.

◇

같은 15도인데 아침과 밤은 어쩜 이렇게 다를까.

더 밝아질 예정인 것과 더 어두워질 예정의 상태란

이 정도의 차이인 걸까.

◇

맥락 없이 다정한 사람이 되고 싶어 너의 이야기에 뜻 없이 웃
고 싶어 차를 천천히 나눠 마시고 싶어 삶의 무게가 적은 세계
에 살고 싶어 그래서 너에게 따뜻한 말만 건넬 수 있으면 싶어
맥락 있이도 다정하기 어려운 내 마음을 볼 때면 나의 편협함과
이기심을 곱씹고 되돌아보고 반성하며 그러지 말자, 생각하면
서도 같은 실수를 반복하고
내 존재가 좀 더 투명해졌으면 좋겠다

◇

5.2.

어떤 관계는 젠가 같다고 생각한다. 새로운 시간들을 계속 쌓아나가면서도 점점 더 불안해지고 위태로워진다. 서로의 가장 약한 부분을 건드리지 않으려 조심하지만 단지 그뿐이다. 서로에게 결정적이지 않으려고 할 뿐. 그러다 정말 어느 한순간, 아주 미약한 건드림만으로 쌓아 올려왔던 것들은 와르르 무너진다. 그럴 줄 몰랐어, 그게 너를 기분 나쁘게 할 줄 몰랐어, 하지만 돌이킬 수 없다. 관계가 무너진 이유는 다만 당신이/내가 운 나쁘게 그 하나를 건드렸기 때문이 아니라, 그 하나를 건드릴 수밖에 없도록 이미 너무 많은 서로의 부분들을 해하여 왔기 때문이다.

◇◇

12.11.

예전에 누군가가 누군가를 결정적으로 해하게 되는 것이 마치 젠가와 비슷하다고 썼었다. 그런데 오늘 갑자기 그렇게 누가 나를 결정적일 정도로 해 입히려면 그동안 그 많은 나무도막들을 함께 쌓아왔어야 하는구나, 라는 생각이 들었다.

◇

공든 탑도 언젠가 무너질 수 있겠지만 탑을 쌓는 과정에서 간절했던 마음과 탑을 쌓으려 노력하면서 깨달았던 것들과 받았던 도움과 그로 인해 따뜻했던 순간들 그런 것들까지 아무것도 아닌 것, 경험 이전의 완전한 무無가 되지는 않는다는 걸 늘 명심해야 한다 나는 너무 자주 그것을 잊고 너무 쉽게 잃을 것을 두려워한다 끝이란 말에 휘둘려 시작점에서 늘 한 발짝씩 물러난다

(실은) 행복했다는 뜻이다 아주 가벼운 것들로 시답잖은 농담과 뭉개진 대화로도 행복해져서 마음이 불안할 만큼 푸슬푸슬 날리는 대화에도 웃음이 터져서,

◇

오늘 d를 만나고 돌아오는 길에 d와 d의 주변 사람들이 모두 행복했으면 좋겠다고 생각하다가 예전에 내가 이 말을 들은 적 있다는 게 기억이 났다. 그때, 네가 얼굴도 모르는 내 주변 사람들의 행복은 왜? 라고 묻자 네 주변 사람들이 행복해야 네가 행복해하니까, 라는 말이 돌아왔었다.

◇

행복에 있어 구차함이란 없어

◇

아무래도 상관없다, 라고 여기는 것들이 점점 늘어가고 있다.
삶에 별로 의욕이 없는 거라고 생각했는데 그런 것이 아니라 중
요하게 여기는 것과 중요하지 않게 여기는 것의 경계가 더 뚜렷
해졌을 뿐인 것 같다.

◇

"아무것도 안 해도 나를 좋아하는 사람도 있고

아무것도 안 해도 나를 싫어하는 사람도 있나 봐."

"맞아, 나는 네가 아무것도 안 해도 네가 좋아.

아무것도 해도 네가 좋아!"

◇

네가 사실 사람을 좀 경계하잖아, 근데 요샌 그런 기색이
덜 느껴지는 것 같아서 좋아, 라는 말을 들었다.

좋아, 가 아니라 안심이야, 였던 것 같기도 하다.

◇

어떤 감정은 이름 붙여야 더 명확하게

그것이 무엇인지 알게 된다.

◇◇

나비를 잡고 눈을 비빈 것처럼 눈이 발갛게 달아오른다.

◇

누구나 자기 자신의 함유량 백퍼센트로 살아갈 순 없는 거겠지만 그렇게 믿고 있는 사람들 보면 신기하다는 생각도 들고 나는 가끔 타인 백퍼센트로 살아간다는 생각이 들기도 하는데 아주 어렸을 때와 지금을 비교해보면 변하지 않는 나의 기질이라는 게 있는 것 같기도 하고 그래도 여전히 그 위에 지층처럼 타인의 흔적을 쌓으면서 살아왔고 앞으로도 살아갈 것이다 좋은 사람들도 있을 것이고 나를 힘들게 하는 사람들도 있을 것이고 나를 세우는 사람도 나를 무너뜨리는 사람도 있을 것이다 늘 그래왔듯이, 그럼에도 계속해서 나는 그 사람들을 믿고 옆에 두고 이어나가려는 노력밖에 할 수가 없을 것이다 이것 역시 늘 그래왔듯이.

우연과 타인의 호의와 시간에 기대었던 예전과는 달리 관계에서 내가 차지하는 비중이 있다는 것을 자각하려고 노력하고 있다.

◇

어설프게 꺼내놓는 진심들을 후회하지 않았으면 좋겠어.

◇

예전에는 마음의 모양을 상상했는데 최근에는 마음의 질량을 생각한다. 얼마만큼의 경중인지를 재보고 가늠하며, 그것을 얼마 동안 지고 있었고 얼마 동안 지고 있을 것인지를. 언제 가벼워지고 언제 무거워지는지, 그 무거움이라는 것이 내게 기꺼울 것인지 버거울 것인지를. 무게 말고 질량을 알고 싶다고 생각한다. 언제 어디서든 변하지 않을 마음의 고유를.

◇

어렸을 때 태양광 자동차를 만든 적이 있었다. 태양광光 자동차니까 빛이 있을 때만 움직이고 음지에 진입하는 순간 정확하게 움직임을 멈췄는데, 그때는 태양광과 태양열을 개념적으로 잘 구분하지 않아서 움직임이 멎을 때마다 의아해했었다. 방금까지 빛을 받았는데, 그렇게 순식간에 그 빛이 소진되어 멈출 수 있다는 게. 멈칫거림 한번 없이 그렇게 철저하고 냉정하게. 몇 번이고 양지에서 음지로 조그만 자동차를 움직이면서 나는 천천히 그리고 확실하게 빛이 열과는 다르다는 것을 인식했다. 방금까지 있었는데 없을 수도 있는 것이 있다는 것을, 방금까지 무언가를 받았는데 멈칫거림 한번 없이 그것이 소멸할 수 있다는 것을.

어떤 관계나 감정, 기분에 대해 생각할 때 가끔 이것을 생각한다.

◇

늘 골목으로 돌아가는 감정들의 한 발자국 뒤에 서 있다 그곳이 어떤 길목인지 모른 채 막다른 곳이거나 텅 빈 곳이거나 구불구불해 한 치 앞도 안 보이는 길이 이어지거나 어디로든 질주하기만 하고 멈추지도 잡히지도 사라지지도 않는 무책임한 감정들 따라 나는 매번 숨 가쁘게 골목으로 접어들고,

수없이 가늠하고 예상하고 예측한 자리에 서서도 나는 어쩔 줄을 모른다

◇

늘 궁금했었어. 불안해, 라고 말할 때 이유를 생각해보는 것은 도움이 될까. 불안할 만한 이유가 없다면 불안하지 않아야 하는 걸까. 곰곰 고민해보고 이리저리 따져보아도 그렇게 불안할 이유는 없는데 역시 이유가 없기 때문에 불안인 것은 아닐까 하고. 불안한 마음, 불안해서 예민해지는 마음, 날이 서서 타인을 찌르기 전에 나부터 찌르는 마음.

불안을 말할 때 그 뒤편에는 언제나 알아줬으면 하는 마음이 있다. 논리적인 설명 없이 이해해줬으면 하는 마음. 설명한다는 말은 말說을 분명明하게 한다는 말이잖아. 말을 분명하게 하지 않아도 흐리거나 얼버무려도 눈치채주었으면 하는 마음. 그런 마음은 이기적이라고 가끔은 생각해. 말하지 않으니까. 분명하게 전달하지 않으니까. 이해에 드는 품을 몇 곱절이게 하니까. 그러나 그것은 언제나 불안이 드리운 그늘에 가만 도사리고 앉아 나를 빤히 쳐다보고 있고 어쩌면 불안보다도 더 노골적으로 나를 괴롭게 하는 것은 그런 마음일지도 모르겠다.

◇

오늘 한 친구가 인생은 길다는 걸 명심해야 한다고 말해주었다 인생은 짧으니 지금 이 순간을 즐기라는 말보다 인생은 기니 멀리 보아도 괜찮다는 말이 더 위안이 된다

◇

자주 나의 반경을 생각한다. 반원을 긋고 끄트머리에 앉는다.

광막하다고 생각해.

누군가를 만날 때, 가끔 이 광막한 곳에

별자리를 만들고 있는 것 같은 기분이 든다.

이곳이 어딘지 잊지 않기 위해서, 길을 잃지 않기 위해서.

◇

한 사람의 생각이 세계와 부딪히는 곳에서 사람과 세계의 경계선이 그어진다고 할 때 그 범위와 상관없이 모두에겐 내부자가 필요하다 세계와 부딪히는, 타인과 구별되는, 그래서 끝없이 축소되고 흐려지고 사라지는 내 생각의 전제를 공유하고 있는 사람이

◇

이 시간을 만나려고 외롭고 쓸쓸한 시간들 있었나

생각할 정도로 너무 행복했다

◇

네가 내 삶에 있다는 게 고마워

너 이외의 사람들에겐 입밖으로 내지 않는 말들을 너에게는

할 수 있고 심지어 그런 말들을 하며 웃을 수도 있어

그런 내 모습이 오랜만이어서 나도 낯설다고 생각했어

어떤 사람들은 내가 최근에 단단해지고 뾰족해졌다고 했는데

너는 내 말이 조금 더 말랑해졌다고 했지

타인 앞에서 검열 때문에 자꾸만 무너지고 힘든 마음이 있었

다는 걸

잠시 깜빡 잊을 정도로

너의 앞에 선 내 마음이 너무 무사하고 안전해서 놀랐어

나는 너와의 대화 속에서

하찮아지고 편협해지고 무심해지지만

괜찮아, 라는 단어를 그 뒤에 붙일 수 있는 사람도 된다

나와 세계를 비슷하게 감각하지만 나보다 더 다정한 사람인

네가

늘

행복만 하길

◇

맥락 없는 대화에 맥락을 부여하는 건

그 관계가 쌓아온 시간이라는 생각

◇

함께함에서 피로함보다 다정함을 더 많이 느끼게 될 때

그 사람(들)에게 감사한다

◇

요즘은 대화 주제를 고르고 대화 범위를 한정하고 대화 방식을 가늠하지 않는 안전한 대화를 할 수 있다는 게 얼마나 큰 행운인지 생각한다

◇◇

가끔 분명 한국어로 대화를 하고 있는데 외국어로 대화하고 있는 것 같은 느낌을 주는 사람들이 있다. 무슨 말인지 왜 그런 말을 하는지 말의 질감은 어떤지 내가 해석한 의도가 맞는지 멈추고 살피고 나의 언어로 번역하며 주저하는 동안 나를 빠르게 가로지르고 지나치는 말들.

사랑스러운 사람들 만났고 오랜만에 모국어로 대화한 것 같았다. 번역도 해석도 필요하지 않은.

◇

계단을 반쯤 내려왔을 때

맥락 없이 사랑한다는 말을 들었다.

◇

여름이 몰려오기 전의 어느 날에 나는 낯선 동네에서 작은 마을
버스를 탔고 그곳에서 키가 큰 외국인이 허리를 조금 굽힌 채
연인인 듯한 상대를 바라보며 I like your colour, 이라고 하는 말
을 들었다

잘못 들었던 건지도 모르겠으나 그 말이 무작정 좋았다 색이 없
다고 생각되는 날에는 그 악센트가 드문드문 생각이 났다

◇

고요한 곳에서 속삭이듯 목소리를 낮춰 이야기하는 것이 좋아
반짝반짝한 네온사인이 있는 차도 옆에서 소리 내어 웃는 게 좋
아 나의 일정함이 당신의 일정함이 되거나 당신의 다채로움이
나의 다채로움으로 번질 때를 더 많이 더 자주 목격하고 싶어

◇

가끔 (나를 소중하게 여기는) 타인의 물성이 내게 얼마나 위안이 되는지를 생각한다. 그냥 그 자리에 실체로서 존재하고 있다는 사실만으로도 어느 정도 안심하게 돼. 바라볼 수 있거나 바라보아질 수 있는 거리에, 손 뻗으면 닿는 곳에, 안을 수 있는 곳에, 다만 있음으로.

◇

행복할수록 더 행복하길 바라게 돼. 이만큼만 더. 조금만 더. 까치발을 하고 손끝을 뻗고 고개를 들고 어디인지도 무엇인지도 모를 그곳에 닿고 싶어 종종거리고.

그게 어리석은 일이라고 하더라도 더 행복해지고 싶어. 날씨가 차가워 발개진 뺨을 하고 동동 구르는 마음을 들키기 싫어 손을 맞잡으며. 더 안전해지고 싶어. 한 뼘 두 뼘 타고 오르다 쉽게 무너져내리고 또 한순간에 치달으며. 더 따뜻해지고 싶어. 마지막에 마지막까지 돌아보는 마음을 안고.

◇

사람의 가치란 쓸모로 결정되는 게 아니라고는 하지만 나는 종종 나의 쓸모를 생각하고 그런 것을 생각하는 날엔 서글퍼지는데 쓸모, 라는 말조차도 떠오르지 않게 나로서 행복해지는 순간들이 얼마나 소중한지

◇

어떤 일이 일어났고 그래서 무엇을 느꼈고, 어떤 생각을 했는지 그런 자잘한 일상 얘기를 듣는 것 자체가 즐거울 정도로 내가 좋아하는 사람. 전해주는 이야기에서 느껴지는 사람에 대한 변함없는 관심과 애정, 포기와 체념없는 명랑함이 너무 좋다.

나는 원래 사람은 안 변한다고 생각하는 쪽이었고 언니는 사람은 변한다고 생각하는 쪽이었는데 우리가 만난 지난 2년간 언니는 어떤 면에선 사람은 변하지 않는다는 걸 알았고 나는 어떤 면에선 사람이 변할 수도 있다는 걸 알았다. 그 교차에 대해 이야기하면서 우리는 많이 웃었고 나는 우리가 보낸 시간의 궤적을 함께 돌아볼 수 있음에 즐거웠다.

◇

아주 오래,

회의하고 의심했던 것들을 다시 믿게 되었다.

◇

한 해 동안 이것저것 배우려고 노력했고 여러 새로운 것들을 시도했지만 사실 별다른 화두를 찾지 못해 뭔가의 주변을 맴도는 위성도 되지 못한 채 다만 우주를 유영하는 혜성이 된 것 같은 기분이 들었다 그런 상태의 나는 대개 불안하고 막막하지만 어쨌거나 그런 상태란 것은 언제든지 무언가와 부딪힐 수 있다는 것이므로 나쁘지 않다는 생각이 지금은 든다 지금의 나에게는 어딘가에 곧 부딪힐 것이라는 예감이 있고 그 사실이 가끔 나를 한층 더 두렵게 만들기는 해도 어쨌거나 뭔가에 당도하리라는 예감, 그리고 내가 그 순간에 최선을 다해 충돌하리라는 확신이 있다

언젠가부터 모든 걸 걸고 부딪혀서 부서지거나 금이 가는 것에 대해서 상당히 꺼리는 마음이 있었는데 요즘은 점차 나의 일부를 바깥에 내어놓고 부딪히고 충돌하고 그것이 완전히 부서져 다시 내가 되지 못한다고 해도 괜찮다는 생각을 점점 더 많이 하고 있다

충분히 용기 있는 사람이 되고 싶다

◇

꿈에 한강을 만나서 작별이란 소설에 사인을 받았다. 돌아와서 펼쳐보니 요구하고 용감해지세요, 라는 어구가 적혀 있었다. 그리고 꿈에서 깼다. 황정은 책을 손에 쥐고 잠들었는데 어째서 읽지도 않은 작별에 한강이 꿈에 나왔는지 모르겠지만 그 말을 다시 생각했다. 요구하고 용감해지세요.

◇

더 나은 게 있다고 믿어야만 세상이 발전할 수 있는 것 같다

창밖으로

조그만 사회들이 걸어 다닌다

◇

뭔가를 한다는 의식에 취하지 않고 타인을 비난하지 말고
내 자리에서 할 수 있는 것을 하기

◇◇

조금씩 세상이 나아지고 있다고, 내가 예민하게 감각을
곤두세우지 않고도 살아나갈 수 있다고 믿고 싶어

◇

누군가는 떠나고 누군가는 남는다. 더 넓은 세계로 떠나거나
남아서 이곳을 바꾼다. 두 가지가 있다. 두 방면이 있다. 어떤 것
도 무책임이나 책임이라고 쉬이 부를 수는 없겠지만.

◇

내가 살고 싶은 대로 살다 보면, 언젠가는 세상엔 이런 삶의
형태도 있어, 라고 보여줄 수 있는 사람이 될 수도 있지 않을까

◇

알고 있니

네가 내게 준 것을 어렸을 적 처음으로 아무도 없는 집에 혼자

들어갈 때 쥐었던 열쇠처럼 꼭 쥐고 있어

　　　　　살아 있어도 좋겠다는 믿음, 위안 같은 것을

고마워

덕분에 세상을 한 뼘쯤 더 사랑하게 되었어

◇

어디든 자기 자리는 자국을 남긴다

◇

망하지 않는 세계에 살고 싶어

◇◇

세상에 완벽한 사람은 없다고 중얼거리면서 잠이 들어도 또

어느샌가 나는 빨간 지붕 아래 환히 웃는 당신을 그리고

◇

깜빡 나른한 오후의 꿈에

햇빛이 드는 거실에 나는 너와 함께 누워 있었고

시침이 움직이는 각도만큼 햇빛이 손길을 옮겨 너의 얼굴을

쓰다듬었다

내 표정을 나보다 네가 더 잘 알 거라 생각하니 기분이 이상했어

있잖아, 거울이 없는 나라에서 나는 너의 얼굴을 보고 나의

얼굴이라 생각할까?

◇

사람들은 자꾸만 자신의 흔적을 어딘가에 흘리고 다닌다

◇

어떤 사람이 그 자리에 서 있는 걸 바라보는 것만으로도 감사할
때가 있다 그냥 그곳에 서 있음에 그곳에서 행복함에 그 자리에
최선을 다하고 있음에 당신이 자주 행복하고 오래 그렇게 웃길
그래서 내가 오래 그 행복을 멀리서나마 함께할 수 있길 바란다

◇

속삭이는 사람들, 이라고 말할 때 마찰하는 음들 사이로

소리가 빠져나가는 것이 좋아

◇

나는 내가 행복할 때 어떤 특정한 표정을 지음을 안다

나는 타인이 행복할 때 짓는 표정들을 안다

그것을 보는 것이 즐겁다

나는 내가 행복할 때 짓는 표정을 보는 타인들의 표정을 안다

나는 내 표정이 궁금하다

행복해 보인다는 말을 들었다

다정한 사람이 되고 싶었습니다. 다정한 사람, 이라고 되고 싶은 나를 생각하면, 다정한 사람이 될 수 있을 거라고 생각했습니다. 하지만 마음속으로 다정을 생각하는 것과 정말로 다정한 사람이 되는 것은 달랐습니다. 쉽게 무너지고, 쉽게 포기하고, 쉽게 허물어지는 마음을 바라보며 누군가에게 다정하다는 것이 얼마나 어렵고 괴로운 일인지를 알게 되었습니다. 자꾸만 편협해지고 날을 세우는 마음을 다독이고 어르면서 다정에 대해 다시 생각했습니다.

안 좋은 소식이 많았습니다. 사람을 포기하고 싶은 순간들, 세상에 대한 믿음을 완전히 버리고 싶은 순간들이 주기적으로 찾아왔습니다. 사람이 어떻게 그래? 사람이 그래도 되는 거야? 그런 물음들 앞에서 다정한 마음 같은 것은 아무런 힘도 없는 것 같아서 무력했습니다. 그럴 때면 아무것도 하지 못했고, 아무것도 하지 못하고 있다는 사실에 더 괴로웠습니다. 그때마다 주변 사람들의 다정이 저를 일으켜주었습니다. 다시 똑바로 설 수 있게 되었을 때 알게 되었습니다. 내가 무언가를 할 수 있다면, 세상이 더 이상 이런 세상이지 않게 무언가를 해야 한다면, 그것은 너의 다정으로 지켜진 나의 다정으로, 또 다른 누군가의 다정을 지키는 일이겠구나. 그들의 다정으로부터 그것을 배웠습니다. 우리가 함께 통과해온 소식들을 생각합니다. 이제는 어느 날 또, 어떤 소식이 우리를 무너뜨릴 수 있다는 것도 알고 있습니다. 그런 날에 당신이 기댈 수 있게 나의 다정이 좀 더 단단해졌으면 좋겠다고 생각합니다. 그리고 조금 더 바랄 수 있다면, 이 글이 그런 날들에 당신의 다정을 지키는 다정이길 바랍니다. 언제나 당신의 다정에 빚지고 있습니다.

3월의 아침

김소원

김소원 단상집 03

다정을 지키는 다정

초판 1쇄 발행 2021년 4월 15일
초판 2쇄 발행 2023년 3월 31일

지은이 김소원
펴낸이 차승헌

펴낸곳 별책부록
출판등록 제2016-000027호
주소 서울 용산구 신흥로16길 7, 1층
전화 070-4007-6690
홈페이지 www.byeolcheck.kr
이메일 byeolcheck@gmail.com

ⓒ 2021, 김소원

ISBN 979-11-967322-6-4 03810